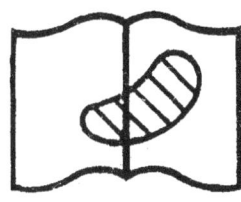

Illisibilité partielle

VALABLE POUR TOUT OU PARTIE
DU DOCUMENT REPRODUIT

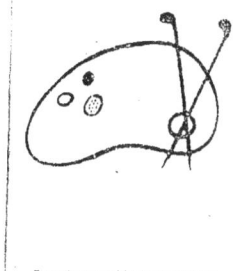

Couvertures supérieure et inférieure
en couleur

COUVERTURES SUPERIEURE ET INFERIEURE D'IMPRIMEUR.

Les Deux Frères

BIBLIOTHÈQUE
CHRÉTIENNE ET MORALE

APPROUVÉE

PAR Mgr L'ÉVÊQUE DE LIMOGES

In 12 4ᵉ Série.

Tout exemplaire qui ne sera pas revêtu de notre griffe sera réputé contrefait, et poursuivi conformément aux lois.

LES DEUX FRÈRES

Les deux frères.

LES
DEUX FRÈRES

PAR

Mme JUNOT D'ABRANTES

LIMOGES
BARBOU FRÈRES, IMPRIMEURS-LIBRAIRES.

LES DEUX FRERES

Il me semble que la nature elle-même a
formé les liens qui unissent ensémble les
frères, et l'on voit cependant quelquefois
éclater dans les familles des dissensions d'autant plus funestes qu'il est plus difficile d'en
arrêter le cours. L'exemple de Caïn, tuant
par jalousie son frère Abel, s'est souvent reproduit dans le monde, et malheureusement
l'histoire de tous les peuples fournit de tris-

tes pages à ajouter à ce fratricide. Si tous les frères qui sont désunis n'ont pas toujours porté aussi loin leur fureur, c'est qu'il n'a pas toujours été en leur pouvoir de faire tout le mal qu'ils ont désiré faire.

Parmi les nombreuses familles espagnoles qui se sont établies au Mexique après la conquête de ce pays, on comptait celle de don Velasquez, qui s'enrichit, dans la capitale de ce royaume, par l'étendue et les bénéfices d'un commerce considérable. A sa mort, il laissa une fort belle fortune à ses deux fils, Vincent et Albert, qui continuèrent pendant quelque temps les affaires du père ; mais la diversité de leurs caractères ne leur permit pas de rester longtemps ensemble. L'aîné était un jeune homme d'un caractère vif et bouillant ; un rien était capable de le mettre de mauvaise humeur ; mais il se faisait remarquer par son amour pour la justice. Jamais il n'aurait fait tort d'une obole à qui que ce fût : sa parole valait mieux qu'un contrat signé. Tout le monde admirait en lui cette belle qualité.

Son frère, au contraire, paraissait fort doux et fort honnête, donnait de belles paroles aux personnes qui faisaient des affaires avec lui, mais, dans son cœur, il était fourbe, et ne se faisait aucun scrupule de voler et de tromper son prochain quad il pouvait se livrer à ces actions coupables sans se compromettre. On ne fut pas longtemps dupe de son hypocrisie : ceux qu'il avait trompés une fois l'évitaient et rompaient avec lui. Vincent et Albert, s'étant donc plusieurs fois brouillés et réconciliés ensemble, finirent enfin par se séparer et s'établir à part; leur animosité alla si loin qu'ils ne se saluaient et ne se parlaient plus quand ils se rencontraient dans les rues.

Quelques années après, Vincent perdit son épouse et se décida à contracter une seconde union. Il demanda la main de la fille d'un négociant du voisinage, lui fit des présents magnifiques, que la jeune personne eut la faiblesse d'accepter, sans toutefois faire à Vincent la promesse formelle de l'épouser. Elle craignait, en effet, de s'allier à

un homme si turbulent, si vifs ; les mauvais
traitements que l'épouse défunte avait eu a
souffrir l'éloignaient de lui ; mais elle n'osa
refuser ouvertement, et fit ainsi traîner les
choses en langueur. Elle aurait préféré d'é-
pouser le jeune Albert , d'humeur plus
douce ; et, comme celui-ci en fut instruit, il
s'établit bientôt des relations entre eux ;
tout fut arrêté, et pour échapper à la colère
de Vincent, que cette liaison allait rendre
furieux, il fut décidé que les deux époux
partiraient pour l'Europe et s'établiraient,
soit en Espagne, soit en Portugal, pour continuer leur commerce.

Albert profita d'un voyage que son frère
avait entrepris pour affaires de commerce,
vendit tous ses effets et disparut un jour
avec son épouse, après avoir répandu le
bruit de son départ pour l'Europe.

On conçoit facilement la fureur de Vin
cent lorsqu'à son retour à Mexico il apprit
la fuite d'Albert avec celle qu'il espérait
épouser lui-même. Plusieurs de ses amis

allèrent le trouver, et essayèrent de le calmer, en lui faisant entendre que cette union aurait peut-être eu des suites funestes pour lui, puisque la jeune personne ne l'aimait pas ; mais rien ne fut capable de désarmer son courroux. Non content de maudire mille fois son frère, et de vomir contre lui toutes les abominations que lui suggérait son imagination montée, il jura devant tous ses amis de ne plus se faire la barbe, de ne plus se couper ni ongles ni cheveux qu'il ne se fût vengé de son frère, et qu'il n'eût lavé dans son sang l'affront qu'il en avait reçu.

Plusieurs des personnes qui étaient présentes lui firent des observations et lui représentèrent combien ce serment était impie, déraisonnable et même ridicule ; maist elles ne gagnèrent rien sur lui : il réitéra ses menaces, et annonça qu'il allait monter le premier vaisseau qui ferait voile pour l'Europe, et qu'il assouvirait sa vengeance, dût-il sacrifier toute sa fortune.

Mais, pendant qu'il se préparait à mettre

à exécution son dessein criminel, la guerre éclata entre les Anglais et les Espagnols, et la mer fut couverte d'une multitude de vaisseaux appartenants aux premiers et capturant tous les bâtiments qui sortaient des ports du Mexique, et de cette manière, Vincent, n'osant se hasarder, fut obligé, bon gré, malgré, de différer son projet barbare.

On dit ordinairement que le temps porte conseil ; mais il n'en fut pas ainsi, car le courroux de Vincent, loin de se calmer, ne fit qu'augmenter à raison des obstacles qu'on lui opposait, et, quoique la guerre dura trois ans, rien ne put le désarmer.

Il est probable que, durant ce temps-là, Vincent se sera cependant un peu relâché de son serment de ne se couper ni cheveux, ni ongles, ni de se faire la barbe ; car cette extravagance aurait pu le faire taxer de folie. Mais, s'il se désista un peu d'un côté, il renchérit de l'autre, en laissant à sa colère un libre cours.

Un jour on vint lui annoncer que son

frère Albert ne s'était pas embarqué pour
l'Europe, ainsi qu'on en avait fait courir le
bruit, mais qu'il était établi à Guadalaria
avec son épouse, et que cette prétendue
fuite n'avait été qu'une ruse inventée à pur
plaisir pour détourner de lui l'attention de
Vincent ; qu'il avait changé de nom et vivait
dans cette ville, où on l'appelait don Joa-
chim Pineto ; que ses affaires ne prospé-
raient pas, et qu'il venait de faire des pertes
considérables, un de ses vaisseaux ayant
été capturé par les Anglais.

Vincent hurla comme un furieux quand
il apprit que son frère l'avait ainsi joué. Il
fait ses préparatifs de départ, saisit un poignard, deux pistolets, monte à cheval,
prend la route de Guadalaria, et court à la
recherche de son frère.

Il arrive dans cette ville, descend dans
une des premières auberges qu'il trouve sur
son passage, cache sous son manteau le
poignard et les pistolets, et se dirige vers
une des rues les plus fréquentées. Tout-à-

coup il se voit arrêté par une foule consi
dérable de peuple qui fermait toutes les
issues de la rue. Il s'aproche, espérant ren
contrer celui qu'il cherche ; mais il es°
cruellement désappointé : ces gens entou
raient un religieux de l'ordre de Saint
Dominique, qui faisait le catéchisme en
plein air, selon l'usage du pays. Vincent ne
prête d'abord nulle attention au discours
du prêtre, et cherche des yeux son frère
qu'il était venu assassiner ; mais il a beau
regarder partout et faire même le tour de
l'auditoire, il ne reconnaît point Albert.
Alors il s'adresse à l'un des assistants et le
prie de lui indiquer la demeure d'un nommé
Pinéto, qui ne demeurait à Guadalaria que
depuis quelques années, et qui était un négociant né à Mexico. Au lieu de répondre à
sa question, l'homme lui dit sans façon
d'attendre jusqu'à la fin de l'instruction, et
qu'alors il lui indiquerait la demeure de
Pineto. Rassuré par ces paroles, Vincent
reste tranquille et écoute la parole du prêtre.

Le discours roulait sur la bonté infinie et

la miséricorde de Dieu, qui ne repoussait pas même les plus grands pécheurs quand ils revenaient de leurs égarements. Le prédicateur prouvait par des textes de l'Ecriture sainte, aussi bien que par des exemples, que le Seigneur ne demandait pas la mort, mais la conversion du pécheur, et qu'il ne fallait, par conséquent, jamais se livrer au désespoir comme Caïn le fratricide et Judas le traître, mais imiter David, saint Pierre et Madeleine, et faire pénitence ; que le divin Sauveur s'était lui-même comparé au bon pasteur, qui ne demande pas mieux que de reporter sur ses épaules la brebis égarée ; que les anges du ciel ressentaient plus de joie du retour d'un pécheur pénitent que de la persévérance de quatre-vingt-dix-neuf justes. « Ainsi, dit-il en terminant ne perdez jamais courage, vous tous qui m'écoutez ici et qui gémissez sous le poids du péché. Si vous avez fait tort à la réputation de votre prochain, faites-lui réparation ; si vous avez enlevé son bien, restituez le ; si vous vivez dans l'inimitié avec lui, réconciliez-vous et déposez votre haine : en

un mot, réparez le mal que vous avez fait,
et venez vous jeter dans les bras de la miséricorde de Dieu, il vous recevra

Vincent ne fut pas trop touché de tout ce
qu'il venait d'entendre : la passion grondait
avec trop de violence dans son cœur pour
qu'il eût pu être sensible aux effets de la
grâce. Il avait besoin d'une leçon plus forte,
et il allait la recevoir.

Le discours étant terminé, la foule s'é-
coula lentement. Vincent s'approcha alors
de l'homme auquel il avait déjà parlé, et lui
demanda de nouveau s'il ne pourrait pas lui
indiquer la demeure de Pineto. Pineto !
répliqua celui-ci, après avoir jeté un regard
scrutateur sur Vincent, qui était dans une
agitation violente : je connais cet homme ;
je sais où il est ; mais je ne pourrais vous
conduire chez lui. Cependant si vous dé-
sirez absolument le voir, je vous mènerai
chez quelqu'un qui vous rendra ce service.

— J'y serais très-reconnaissant ; il faut
absolument que je voie ce misérable.

— Eh bien ! suivez-moi.

Ils parcoururent ensemble plusieurs rues. Vincent parle beaucoup, s'arrête quelquefois, déclame contre Pineto, qu'il nomme son frère, et finit par persuader à son conducteur qu'il est à moitié fou. Ils arrivent à la porte d'un grand bâtiment ; Vincent ne s'aperçoit pas qu'il est devant la porte d'un couvent. — La porte s'ouvre, tous deux entrent, et l'inconnu demande à parler au père Thomas de Jésus. Le religieux arrive, Vincent reconnaît le même prêtre qui venait de faire l'instruction et qui était rentré quelques minutes auparavant. L'inconnu s'éloigne et laisse Vincent seul avec le père Thomas. Celui-ci s'informe avec bonté du motif qui a pu amener le négociant, et apprend avec peine de quoi il s'agissait. Il recule d'horreur en entendant les menaces que le malheureux Vincent profère contre son frère.

— Je plains votre frère, lui répondit-il enfin, mais je vous plains encore bien plus ;

car l'état de votre âme me donne de vives
inquiétudes. Nourrir une haine si violente,
non-seulement contre son prochain, mais
contre un frère, et se dire chrétien , est
une chose que je ne puis concevoir. Il faut
pardonner à votre frère ; sans cela vous ne
pourrez jamais prétendre aux grâces du
Seigneur.

— Moi, pardonner ! s'écria Vincent avec
force. J'ai été trop offensé pour pouvoir
pardonner. Non, jamais !..

— Etes-vous plus que Dieu ? Il pardonne
bien lui qui est un être infini ; et vous ,
misérable ver de terre, qui n'êtes qu'une
poignée de cendre et de poussière, vous
osez dire que vous ne pouvez point pardonner ? Je conçois que, dans le délire des
passions, on puisse tenir un langage aussi
extravagant ; mais je ne crois pas qu'un
frère ait la lâcheté d'exécuter ce qu'il
annonce.

— Vous me prenez donc pour un lâche,
mon Père ?

— Oui : car il faut plus de courage et de grandeur d'âme pour pardonner que pour se venger ; il en coûte moins d'enfoncer le fer dans le cœur de son prochain que de déposer ces sentiments de haine furibonde qui vous entraînent si loin, et, je vous le répète, il n'y a qu'un lâche qui puisse, malgré la gravité de l'offense qu'il a reçue, trouver du plaisir à immoler son frère, tandis qu'il devrait s'en venger par des bienfaits.

Vincent paraît interdit en entendant ces paroles. Le religieux le regarde sans proférer une parole, et attend sa réponse, mais il n'en reçoit point. Il rompt enfin le silence et dit :

— Désirez-vous toujours voir votre frère pour l'assassiner ?

Un soupir échappé de la poitrine de Vincent lui révèle l'état de cet infortuné. Il s'aperçoit bien que son animosité s'est de beaucoup radoucie, mais il lui réserve d'au-

tres arguments, et il espère que Vincent
sera complétement désarmé, et que ce tigre
sera changé en agneau.

— Eh bien ! si vous êtes décidé à faire
votre mauvais coup, vous n'avez qu'à me
suivre : votre frère est en état de grâce,
il s'est confessé hier, et la mort le délivre-
ra de ses peines ; mais l'enfer sera votre
partage.

Vincent ne répond pas et suit machina-
lement le religieux, qui traverse avec lui
les sombres corridors du monastère, et
le conduit vers un bâtiment d'un aspect
sévère. — Une sonnette est agitée, la porte
roule sur ses gonds, un homme se pré-
sente en tenant en main un trousseau de
clés. — A la vue du Père Thomas de Jésus,
le geôlier se découvre. Vincent n'ose fran-
chir le seuil de cette porte : ces clés, ces
portes, ces énormes barres de fer, tout lui
a appris qu'il était devant une prison.

— Mon père, s'écria-t-il, vous me condui-

sez en prison : c'est sans doute un piége
que vous me tendez là pour m'empêcher
d'exécuter mon projet.

— Rassurez-vous, monsieur, répond le
religieux avec calme, et ne craignez rien ;
je ne suis pas venu ici pour tendre un
piége. Vous voulez voir votre frère ? eh
bien ! vous êtes sous le même toit que
lui.

— Comment ! mon frère est en prison ?

— Oui. Il a éprouvé de grands malheurs
dans son commerce : un de ses vaisseaux a
été pris par des Anglais, et, n'ayant pu
satisfaire ses créanciers, il a été enfermé ;
ses biens sont séquestrés ; sa femme et ses
enfants sont dans la misère.

Vincent entre dans la prison. Bientôt il
arrive avec le religieux et le geôlier devant
un étroit cabanon. La porte s'ouvre, et il
aperçoit, assis sur une mauvaise planche,
un homme dont la figure allongée, le teint

blême, les cheveux en désordre et les habits sales annonçaient le plus grand dé-
laissement. Le religieux le prend par la
main, le conduit devant l'homme.

— Voilà, lui dit-il, celui que vous cher-
chez; voilà votre frère! Assouvissez votre
vengeance : plongez-lui le poignard dans
le sein et mettez fin à ses souffrances.

Vincent reconnaît son frère : terrassé
par les paroles du religieux, il n'ose lever
son regard homicide sur cette victime des
vengeances d'autrui; son cœur est assailli
par tant d'endroits à la fois qu'il ne peut
plus cacher son émotion. Il tombe aux pieds
de son frère, il lui avoue son crime, il
pleure, il gémit, il lui demande pardon
d'avoir formé l'horrible projet de l'assassiner. Albert, stupéfait, le relève, le presse
contre son cœur, tout est oublié.

Après la première émotion , Vincent dit
au religieux :

— C'est à vous, mon Père, que je dois le

bonheur d'être resté victorieux de ce combat et de n'avoir pas souillé mes mains du sang de mon frère. Je vous remercie de m'avoir empêché de commettre un crime; mais je vais achever l'œuvre que le ciel a si bien commencée; il ne sera pas dit que mon pauvre Albert languisse en prison tandis que je puis le secourir. Je vais briser ses chaînes et le rendre à la liberté.

— Faites cela, répondit le père Thomas en lui tendant la main : jamais vous ne trouverez une plus belle occasion de faire le bien.

— A combien se montent les dettes de mon frère ?

Albert, qui s'était un peu remis de son émotion, répondit que la somme était bien forte, et qu'il craignait bien que son frère ne pût la payer. — Tu ne voudras pas te dépouiller, ajouta-t-il, pour soulager quelqu'un qui t'a trompé d'une manière si indigne.

— Non, mais je ferai mon possible pour te délivrer.

Albert avoua enfin qu'il devait à ses créanciers la somme de 10,000 piastres. Vincent sourit, embrassa son frère, et partit avec le religieux, laissant son Albert dans une vive inquiétude. Il alla trouver plusieurs négociants liés avec des maisons de Mexico, et leur exposa le triste état de son frère. Il n'eut pas de peine à obtenir d'eux 10,000 piastres, qu'il s'offrit à rembourser dès qu'il serait de detour chez lui. Deux heures après, son frère fut libre.

Qui pourrait retracer l'ivresse de la femme d'Albert, lorsqu'elle vit arriver cet infortuné ? Vincent ne voulut pas être présent à cette scène, afin de ne pas troubler la joie des deux époux après une si cruelle séparation. Mais il parut bientôt au milieu d'eux avec le digne religieux qui avait été l'instrument de ce rapprochement, et leur annonça qu'il allait les ramener avec lui à Mexico, où il aurait soin d'eux. Il tint pa-

role, et, trois jours après, l'heureuse fa
mille partit de Guadalaria pour aller com-
mencer une vie, pour ainsi dire, nouvelle.
La paix ne fut pas troublée entre les deux
frères, qui coulèrent ensemble des jours de
bonheur. Le Seigneur, pour récompenser
la belle action de Vincent, le combla de ses
faveurs, et le fit prospérer au delà de toute
espérance.

L'ÉGOISTE

Dans une maison située près de Saint-Germain-en-Laye vivait, il y a plusieurs années, une dame nommée madame Gardon. Elle habitait avec sa belle-fille, femme d'un fils unique qu'elle avait perdu depuis deux ans.

Cette petite maison bourgeoise, arrangée en forme de château, avait un jardin dont

les allées ratissées, les ifs taillés en pyra-
mides et en carré, démentaient effronté-
ment le nom de *parc à l'anglaise* que lui
avait donné madame Gardon.

Des fleurs inodores étaient plantées sy-
métriquement dans un grand rond garni
de buis, devant les fenêtres du salon. Aucune fleur odorante n'avait la liberté d'y
croître, parce que les nerfs de madame
Gardon étaient trop délicats pour les sup-
porter.

Par exemple, en entrant dans la maison,
une odeur de cuisine et d'oignons frits suf-
foquait tout le monde. Mais c'était *exprès*,
attendu que, selon madame Gardon, cette
odeur était très-salutaire, et que les bonnes
seules étaient nuisibles.

Madame Gardon était une femme de cin-
quante-cinq ans, grande, laide, sèche, mai-
gre; son teint était jaune, ses lèvres min-
ces, sa voix brusque et sonore. Elle jouait
du piano, de la harpe, de la guitare et du

tambour de basque. Elle avait sur sa table des livres anglais, italiens, espagnols; mais, comme on l'avait surprise plusieurs fois les lisant à rebours, on disait par le monde qu'elle n'en savait pas un mot.

Elle se mettait à son piano toujours à la même heure; ainsi de suite de la guitare et du tambour de basque.

J'aime les arts ! disait-elle avec un triomphe admirable.

Elle dessinait à la mine de plomb et au crayon noir; elle écrivait des livres, chantait des romances dont les vers étaient de sa composition.

Mais tous ces talents en herbe n'existaient que dans son imagination, car, excepté lire et écrire correctement, madame Gardon ne possédait aucun des avantages que ce bruit instrumental et littéraire aurait fait supposer.

2.

Ce ridicule n'eût été rien encore si, par une bonté même ordinaire, elle eût racheté ces travers de l'orgueil; mais son affreux caractère faisait le malheur de tout ce qui l'entourait. Sa jeunesse étant passée, avec le plus ou moins d'agréments qu'elle porte toujours avec elle, madame Gardon était arrivée à cet âge où il devient doublement nécessaire à la femme détrônée de remplacer par des qualités essentielles les qualités éphémères qu'elle, n'a plus.

Quand elle est méchante, il ne lui reste que la haine et l'oubli. Ces deux grandes punitions de la terre étaient tombées sur madame Gardon. Ceux qui ne la haïssaient pas la redoutaient; c'était l'équivalent.

Aigrie par la leçon qu'elle avait enfin comprise, punie de son égoïsme et de sa méchanceté, elle avait vu peu à peu s'éloigner d'elle tous ses amis, et demeurait stupéfaite devant sa vie détruite, devenue insupportable à elle-même et aux autres. Elle avait eu un fils, qui était mort à vingt-neuf ans, dans toute la force de l'âge, avec tous les agréments pour le monde et pour lui-même. Ce malheur, que sa pauvre belle-fille semblait seule à souffrir, avait été supporté par madame Gardon avec un stoïcisme admirable : rien n'est *résigné* comme l'égoïste !

« Je n'ai pas d'enfants, disait-elle quelquefois, et je ne m'en plaindrais pas si je n'avais pas eu le malheur d'en perdre un, ajoutait-elle, voyant les visages se rembrunir en l'écoutant. Des enfants ! ils ne pensent à vous que lorsqu'ils sont petits, encore c'est pour avoir des bonbons et des confitures. Devenus grands, ils oublient : et vous restez pour vos frais. Je sais ce qu'il en est, disait-elle avec un air *mystérieux*.

Elle avait la prétention de tous ceux d son caractère, d'avoir beaucoup sacrifié et beaucoup donné, et de n'avoir trouvé que des ingrats. C'était sa plainte habituelle. Il faut savoir qu'elle n'avait jamais obligé personne.

A côté de ce démon vivait, à l'ombre de
toutes les souffrances et de toutes les priva-
tions, une jeune femme, belle comme les
anges, douce et bonne comme eux, et dont
la nature ne se composait que d'amour et
d'indulgence. Tout ce qu'il y avait de femme
en elle avait reflué vers le cœur. Ses vingt
ans furent fêtés auprès d'un époux chéri et
du berceau de son premier-né ; mais à peine
avait-elle atteint sa vingt-troisième année,
que déjà tous ces bonheurs étaient perdus
pour elle. Placée maintenant entre deux
tombes, celle de son mari et celle de son
fils ; ne pleurant plus, car elle n'avait plus
de larmes ; brisée et anéantie devant les
peines passées et celles à venir, Clary était
l'image de la Ruth de nos livres saints, cette
grande figure biblique sacrifiant tout à un
souvenir ou à un devoir.

Son mari lui avait dit en mourant :

— Clary, aie pitié de ma mère ; car si tu
l'abandonnes, qui l'aimera ? Aime-moi en
elle, et souviens-toi de moi pour lui pardonner. Elle obéit.

Clary de Montbreuse, fille unique du dernier rejeton de cette illustre famille, avait rencontré dans la monde Ernest Gardon, jeune homme riche, parfaitement bien élevé, mais dont la naissance n'était pas égale à la sienne.

Imbu des principes de l'ancienne aristocratie, le marquis de Montbreuse ne voulut pas permettre le mariage de sa fille avec celui qu'elle aimait.

Comme il n'avait pas de fils, Clary devait porter à son mari les noms et les titre de son père. Cette condition eût pu faire accéder M. de Monbreuse au désir de sa fille, si Ernest n'avait formellement refusé de quitter son nom pour prendre les grandeurs de celui qui ne lui appartenait pas.

Une année se passa ainsi sans rien décider entre eux.

Son père mourut. L'orgueil, quel'humanité dépose du moins en arrivant au cercueil, l'abandonna au lit de mort : il permit à sa fi le d'épouser Ernest.

Depuis lors, abdiquant l'illustration de sa naissance, s'éloignant de tous ses parents, dont les uns, riches et puissants, auraient pu lui faire une dot convenable (son père la laissa sans aucune fortune), elle se créa une nouvelle famille dans celle de son mari, et oublia la sienne.

Trois années se passèrent dans le bonheur le plus parfait; puis vint la mort, qui lui enleva toutes ses espérances. Elle perdit dans la même année son époux et son fils. Demeurée veuve elle resta seule en face de ce cœur sec et sauvage dont nous avons parlé.

Une autre aurait tremblé; elle vit ce qui l'attendait sans le redouter.

Douceur, raisonnement, plaintes, silence, elle essaya tout et ne réussit en rien. Le cœur de marbre resta de marbre et ne l'en tendit pas. Alors elle eut la force de l'âme chrétienne.

Elle sut se résigner et souffrir. Forte par un souvenir et par une espérance, elle demeura vouée à son tyran, parce que son amour l'exigeait.

Chaque fois que la voix retentissante de madame Gardon résonnait dans leur solitude, elle arrivait pour recevoir les coups de sa fureur et les épargner aux gens de la maison dont elle savait la haine. Elle tâchait de créer à cette femme une nature factice, qui pût éblouir les autres en leur cachant la sienne. Mais tous ces soins étaient inutiles: on la voyait ce qu'elle était, et on la fuyait généralement.

En épousant le fils de madame Gardon, elle n'avait apporté aucune fortune. Ruiné par nos troubles révolutionnaires, M. de Montbreuse ne possédait qu'une modique pension, qui disparut avec lui.

Que de fois cette pauvreté lui fut rudement reprochée ! Du vivant de son fils, madame Gardon ne put le faire aussi ouvertement, Ernest lui faisait peur ; mais, depuis sa mort, elle s'en était amplement dédommagée.

Au bout de sa première année de veuvage, Clary se trouva si dépourvue des choses même les plus nécessaires qu'elle osa enfin faire entendre sa plainte pour la première fois. Madame Gardon lui accorda une pension de 800 fr. (elle avait 20,000 livres de rente) ; et c'était l'unique argent qu'elle dépensait autrement que pour elle-même.

N'ayant pas voulu, par une dignité que nous comprendrons tous, s'adresser à des parents riches qu'elle avait négligés, contente de sa petite fortune, Clary s'occupa exclusivement de sa belle-mère, et tâcha d'adoucir ce caractère de bronze en opposant la douceur à l'égoïsme et à la dureté.

Mais ainsi qu'une femme laide ne peut souffrir devant elle un joli visage, ainsi la douceur irrite-t-elle la méchanceté. La honte

d'être mauvaise la rendait plus mauvaise
encore. Après une scène faite à sa belle-fille
sans aucun sujet, il fallait, pour ne pas bais-
ser de ton, en faire une à ses domestiques.
Tous fuyaient au bout de quelques mois
d'esclavage. Une ancienne femme de chambre, seul être au monde qui pût dominer
madame Gardon, parce que celle-ci la connaissait pour ne pas valoir mieux qu'elle,
demeurait stable au milieu de l'orage qui
faisait disparaître tous les autres.

Malgré son extrême avarice, défaut ordinaire du cœur qui n'aime que lui, madame
Gardon avait dans cette femme de chambre,
nommée Tonine, une confiance entière.

Tonine était une fille qui, abusant de la
confiance de sa maîtresse, la volait avec une
adresse si subtile que madame Ernest (c'est
ainsi qu'on appelait Clary pour la distinguer
de sa belle-mère) ne s'en apercevait pas et
la croyait aussi vertueuse qu'elle affectait
de l'être. Clary n'avait d'ailleurs aucune
espèce d'autorité dans la maison. — Je vous

prie de rester chez vous, lui disait quelquefois madame Gardon lorsqu'elle voulait lui
éviter quelque emploi fatigant dont la sur-
veillance avait l'air de l'ennuyer. C'est pour
m'épier probablement. Apprenez, ma chère,
que l'argent qu'on dépense ici est bien à
moi, et que son emploi ne vous regarde pas.
« Restez chez vous si ce que je vous dis ne
vous plaît pas. » Que répondre à un tel
langage? Et Clary, en se taisant, l'irritait
encore.

— Si mon fils eût vécu davantage, pour-
suivit-elle en colère, elle l'aurait fait mourir
de chagrin. Ainsi, un peu plus tôt, un peu
plus tard, il vaut mieux qu'il soit mort de sa
belle mort.

A ces dures paroles, Clary invoquait ses
souvenirs, sentait son cœur éclater. Elle
fuyait dans sa chambre, et, ne pouvant ni
pleurer, ni oublier, il lui semblait qu'elle
allait mourir.

Sa pauvre petite chambre, semblable à

celle d'une jeune fille au couvent, était le
seul endroit de repos qu'elle trouvait dans
cette vaste maison, qui, ainsi que madame
Gardon avait pris soin de l'en prévenir, ne
devait jamais être à elle ; car elle avait,
disait-elle en regardant Tonine avec intel-
ligence, des soins à récompenser, et des
ingratitudes à punir.

L'ameublement de sa pauvre retraite était
loin d'être celui que devait avoir l'héritière
d'un grand nom, la femme aimée d'un homme riche et maître de cette même habita-
tion où aujourd'hui elle était comme étrangère.

Il consistait en quelques chaises de maro-
quin usé, un canapé en coutil bleu et blanc,
un piano qu'elle n'ouvrait plus, car pour
elle les cordes n'étaient plus sonores, et la
musique était sans harmonie, et une table
ronde sur laquelle étaient posés des livres,
des albums remplis de ses ouvrages. Un
portrait, peint par elle-même dans ses jours
de bonheur, représentait son mari tenant

dans ses bras un petit garçon de dix-huit
mois, beau, blond, frais comme ceux de l'Al-
banie ; au-dessus, une grande croix de bois
noir disait sa religion et sa pauvreté. Pas
une chose élégante ne se voyait dans cette
demeure ; aucune de ces inutilités de femme
qui, pour avoir été longtemps dans l'habi-
tude de la vie, deviennent des nécessités
dès qu'on en est privé ; rien de ce qu'elle
aimait ; aucune fleur, aucune porcelaine
précieuse. Qui les lui aurait données ? Pas
elle assurément, et personne autre n'y son-
geait.

La religion est bien sublime, aidant ainsi
ces grandes infortunes oubliées. Où trouve-
raient-elles le courage, sinon dans la pensée d'un avenir qui doit leur rendre ce
qu'elles n'ont plus, les récompenser de leurs
travaux, les mettre dans le repos et la tran-
quillité ?

Vivante entre deux tombes, Clary, aidée
de la foi, pouvait trouver encore la vie
belle ; mais, sans croyance, qu'aurait-elle

fait? Où donc est la philosophie qui soutient de si grandes épreuves, qui apprend à se consoler de la mort? La mort! C'est elle qui, en montrant l'éternité, fait sourire, sous les habits de deuil et laisse voir un cimetière sans frémir d'horreur. A la poussière du corps se lie la dignité de l'âme, libre, joyeuse ailée; aux incertitudes de la vie humaine se se joint la pensée de l'immortalité, où tout est sûr, tout doit être à nous. La religion lui rendait la vie supportable, et la récompense céleste l'aidait à aimer le tyran qu'elle bénissait.

Une seule scène nous fera juger des scènes de tous les jours; car dans ce triste intérieur tous les jours étaient semblables.

Madame d'Erfeuil et ses deux filles, voisines de campagne de madame Gardon, lui devaient une visite depuis longtemps; elles se rendirent un jour chez elle.

Madame d'Erfeuil trouva madame Gardon lisant un énorme livre qu'elle avait peine à soutenir.

Ayant paru étonnée de lui voir porter cet in-folio :

— C'est le Dictionnaire de l'Académie, dit madame Gardon ; il est un peu lourd en effet. Je le *lis* depuis deux heures, et j'avoue que j'en suis fatiguée.

— Fatiguée de le lire ou de le tenir ? dit madame d'Erfeuil surprise de cette sorte de distraction.

— Oh ! de le tenir ; car j'aime beaucoup cette lecture. Au moins là-dedans, ajouta-t-elle avec intention, il n'y a pas de ces exagérations de beaux sentiments, ces gens qui meurent ou qui pleurent sans cesse, enfin toutes ces grandeurs morales qu'on ne voit que dans les livres, et qui ne sont ni dans la nature ni dans le cœur humain.

— Vous conviendrez, cependant, dit madame d'Erfeuil, qu'il serait bien malheureux que vous dissiez vrai.

— Pourquoi cela ?

— Comment ! vous ne trouvez pas que ce
serait une chose fort triste, si les regrets et
les nobles sentiments ne se trouvaient que
dans les livres ?

— Au moins, dit aigrement madame Gardon, il n'y a pas de mensonge dans celui-
là.

— Cela est évident, reprit madame d'Erfeuil, sans rien ajouter davantage.

A peine eut-elle fini de parler que madame
Gardon lui proposa d'entendre une romance
de sa composition. Elle accepta : il était im-
possible de refuser. Elle se mit au piano.

Le sourire gagnait les jeunes filles ; leur
mère était au supplice.

La romance avait quinze couplets : elle
était longue. Une autre lui succéda, ni mieux
chantée, ni plus courte. Enfin, dans l'inter-
valle d'une troisième à une quatrième, madame d'Erfeuil se leva et prit congé de madame Gardon, pensant que quelques beaux
arts allaient encore l'assaillir.

Elle apercevait une guitare, une harpe, un tambour de basque; tout cela la faisait trembler.

Aussitôt qu'elles furent montées en voiture, ses filles éclatèrent de rire.

— Voyez, mes amies, leur dit la mère, le ridicule qu'on se donne en affectant des talents qu'on n'a pas. Tout cela vient de la constante pensée qu'elle a d'elle-même.

« Y a-t-il rien de si gracieux ordinairement qu'une femme qui sait plusieurs langues et professe plusieurs talents? Eh bien ! elle a trouvé le moyen de nous faire rire. Pourquoi? Parce qu'elle n'a que le faux semblant de ces avantages, ce qui est cent fois pire que de rester bonnement dans son coin avec sa nullité.

» Mais remarquez surtout l'existence actuelle de cette femme.

» Voyez où mènent l'égoisme et la sécheresse du cœur ! Elle fait le malheur de tous ceux qui ont vécu près d'elle ; elle est malheureuse aujourd'hui ! D'autres travers, des fautes mêmes eussent été pardonnés, Avec le repentir, elle eût trouvé grâce devant les hommes, et surtout devant Dieu. Mais à sa méchanceté on a opposé une force d'inertie qui l'a vaincue. Que deviendra-t-elle ? Plus elle vivra, plus elle sera irritée par cet isolement qu'elle supporte avec humiliation.

» L'ange qui veille encore sur elle ne lui continuera pas longtemps des soins que d'ailleurs elle ne reçoit qu'avec douleur. Elle en est encore humiliée ; ce visage de martyr résigné la met en fureur.

» Cette pauvre madame Ernest dépérit chaque jour. Je ne crois pas qu'elle passe l'automne. Voyez, que deviendra cette femme quand ce dernier être aura cessé de s'occuper d'elle ?

— Oh ! tout cela fait froid à l'âme, dit une des jeunes filles. J'aime mieux être obligée de tenir mon cœur à deux mains que de vivre ainsi dans la sécheresse de l'égoïsme.

3.

— Après le départ de madame d'Erfeuil, madame Gardon fut de mauvaise humeur. On s'en aperçut promptement : Clary fut grondée pour n'être pas venue au salon, elle l'eut été pour être descendue ; les domestiques laissaient les portes ouvertes, et au mois d'août il fait trop froid pour que cette négligence soit pardonnée ; enfin elle ne savait qu'inventer pour motiver son humeur. Mais voici qu'elle en était la craie cause.

Devant les fenêtres de la maison, un pauvre vieillard était assis depuis une heure, demandant l'aumône avec des instances réitérées. C'était un pauvre voyageur : car nul de ceux du village n'aurait osé venir sous les murs de la maison. Les pauvres connaissaient madame Gardon. Ils l'avaient stigmatisée par cette phrase qu'ils disaient tous en la voyant passer : « C'est celle qui ne donne jamais »

Ennuyée d'entendre ce pauvre vieillard, elle sonna brusquement, et cria de façon à être entendue de lui :

— Qu'on me chasse ce mendiant-là ! Vraiment, si je donnais à tous ceux qui me demandent, il faudrait que je fusse plus riche que le roi.

» Voleurs que tous ces gens-là : ils vous tueraient s'ils étaient seuls avec vous ; et il faudrait leur donner et prendre sur son nécessaire.

— Un morceau de pain, Madame, dit en s'avançant aux carreaux de la fenêtre le pauvre mendiant, qui mourait de faim.

— Comment ! il ose approcher d'ici ! dit-elle en le repoussant avec son mouchoir comme une abeille.

Le vieillard tomba sans connaissance. D. villageois, passant près de lui, l'emportèrent chez eux. Un peu plus tard il mourait de faim !

Madame Gardon, en refermant la fenêtre. entendit la voix forte et sonore d'un paysan lui crier avec énergie: « Malédiction sur vous ! malédiction ! »

Elle se retira promptement, rouge de honte et d'un effroi involontaire. Elle tremblait de tous ses membres. Mais la haine ne corrige pas le méchant : elle l'irrite, voilà tout :

Pour achever sa punition, elle eut le malheur de voir Clary jeter une aumône en se cachant aussitôt. Mais elle avait été devinée par le paysan. « Dieu vous le rende, pauvre martyre ! » dit-il en s'éloignant, et il donna au pauvre homme la petite offrande de Clary. C'était bien le denier de la veuve.

Madame Gardon monta chez sa fille.

— De quel droit, ma chère amie, lui dit-elle, pinçant les lèvres pour adoucir les rudes paroles qu'elle allait dire, vous établissez-vous en dame de charité dans ma maison ?

— Est-ce donc si extraordinaire. reprit Clary, de donner l'aumone à un malheureux qui la demande ?

— Niaiserie ! dit la belle-mère, je vous prie de ne plus recommencer.

» Je vous devine, allez, avec votre air

hypocrite; ne croyéz pas que je m'y laisse prendre.

» Vous seriez bien aise d'attirer sur vous tous les suffrages, afin de me laisser de côté, n'est-ce pas ?

— Oh ! fit madame Ernest, sans rien dire davantage.

— Oui, oui, je vous connais bien. Heureusement on juge entre nous; vous n'y gagnez rien.

Un silence d'indignation régna dans la chambre. Madame Gardon avait presque honte de ce qu'elle venait de dire; Clary en rougissait pour elles deux. Elle tâcha de détourner la conversation et d'apaiser peu à peu sa belle-mère, en attachant son esprit sur les intérêts personnels qui pouvaient la distraire de celui-là.

Ce n'était pas difficile, attendu qu'elle en avait beaucoup. Enfin, heureusement pour Clary, elle la quitta.

Demeurée seule, la pauvre femme, élevant son cœur à Dieu, lui offrait les mauvaises heures qu'elle avait à souffrir.

Sa santé qui dépérissait chaque jour, l'aidait à se consoler de tout : elle voyait venir la fin de ses souffrances. Si, réfléchissant sur sa vie éteinte, elle y comprenait celle d'une mère, d'une épouse heureuse, entourée du bonheur intérieur, écoutant avec joie le bruit des pas de son mari, rentrant après quelques heures d'absence, ou le rire joyeux de son premier enfant; si une fille vivant doucement auprès d'une bonne mère lui dépeignait le charme de sa position et la douceur de sa vie intime ; si toutes les images du bonheur des autres arrivaient en foule à son cœur désenchanté, elle, seule, isolée, repoussée, voyait Dieu l'entendre et lui sourire, et ses larmes séchaient dans ses yeux.

Tant la foi est puissante sur une âme élevée, tant elle a de la force pour nous en parler à nous, pauvres et faibles âmes, miracles de force et de courage !

» Oh ! qui donc nous a dit faibles ? qui donc a pu nous méconnaître jusqu'à nous refuser la première des beautés chrétiennes, qui nous appartient tout entière ?

» Résignées dans le malheur et dans les souffrances du corps ; résignées dans les petits tourments de la vie habituelle et les grandes épreuves du monde, prêtes à tous les sacrifices ; résignées devant ceux qu'on nous impose, résignées encore pour ceux que nous pouvons faire, où donc devons-nous faiblir ? qu'elle épreuve reste-t-il à nous faire subir !

» Esclaves des préjugés, esclaves dans nos maisons, esclaves de nos propres cœurs ; liées par toutes les exigences ; entraînées par toutes les dominations ; résignées à toutes ces choses ; calmé devant la mort, néanmoins, tout en supportant le malheur avec le courage de la foi, le malheur nous tue. A la virilité de notre âme s'oppose une nature frêle, rebelle, insoumise, qui domine pour un moment l'ange divin qui est en nous. La souffrance l'abat et le détruit, elle meurt brisée par le moindre choc ; la moindre épreuve la désorganise. »

Ainsi Clary voyait par degrés l'âme et la vie du corps se livrer la guerre en elle. L'une devait triompher de l'autre, mais après de longs combats.

Devenue malade, affaiblie par la souffrance, elle comprit seulement alors le vide de son existence et l'âme hideuse de la personne qui vivait près d'elle. Elle eut peur : elle se trouva presque sans courage pour continuer ses sacrifices ; elle se demanda même pour qui elle les faisait. Toutes ses pensées arrivèrent avec la faiblesse de ses organes épuisés. Mais bientôt, prenant, au souvenir du passé et dans l'espoir de l'aveni, une force nouvelle, elle se soumit en pensant à l'éternité !

Quand sa belle-mère la vit souffrante, ce fut une cause de nouveaux tourments : il fallait s'occuper d'elle. Souvent la pauvre femme avait passé une nuit fiévreuse et op-

p essée ; elle était obligée de rester au lit
Ne pouvant elle-même aller chercher ce qu
lui était nécessaire, il fallait qu'un domestique de madame Gardon le lui apportât.

Il se trouvait toujours que, pendant le
petit moment qu'on était chez madame Er
nest, c'était précisément l'heure où madame
Gardon avait sonné plus de six fois. Elle
avait dans ces moments-là besoin de tout le
monde.

Rien n'échappait à la pauvre malade.
Rien ne lui était épargné des ces soins jetés
rudement au visage, pour ainsi dire, et de
ceux qu'on lui refusait continuellement. On
la voyait quelquefois, marchant comme une
ombre, se glisser furtivement dans les allées
du jardin, cherchant un rayon de soleil
pour réchauffer ses membres endoloris. Elle
tressaillait alors à la voix rude de sa belle-
mère. Elle craignait les cris, le bruit, le
brusque bavardage de cette femme insupportable. Douce cependant encore, comme
au temps de sa vie ; seulement effrayée

aujourd'hui des secousses qui l'avaient brisée, elle n'avait plus de force pour les soutenir.

L'automne était revenu sur la terre. Les feuilles, en quittant la cîme des arbres, qu'elle dorait encore de leur feuillage, annonçaient le deuil prochain de la nature, et sa destruction momentanée.

Elles annonçaient la mort de Clary !

Prête à partir pour l'éternité, glorieuse martyre du cœur, elle voyait décliner ses jours avec une douceur sublime.

Eteinte, consumée par de longues épreuves, abandonnée comme un méchant dans sa chambre solitaire, sans un domestique pour la servir, sans un ami pour la consoler, son âme résignée s'envolait, impatiente déjà d'arriver au ciel.

Elle souriait à ceux qui la venaient voir passagèrement; elle souriait en les voyant s'éloigner. Son âme d'ange apparaissait alors à découvert : c'est qu'à cette heure

solnnelle, à ces moments d'angoisses mor-
telles, on est réellement ce qu'on est.

Plus de mensonge, plus de dissimulation:
la vertu seule disparaît ou reste, selon
qu'elle fut vraie ou simulée.

En déclinant davantage, la mourante vit
arriver à son lit funèbre les gens de la maison, qui durant sa longue maladie, l'avaient
oubliée, dans la crainte d'être punis de leur
pitié. Ils regardaient mourir la belle et gra-
cieuse jeune femme, la pauvre veuve, la
mère désolée, et la voyaient sourire pour
la dernière fois !

Dominée par la grande puissance de l'âme
épouvantée, madame Gardon sentit alors
son cœur s'émouvoir. Elle commençait à
devenir actrice dans le drame où si longtemps elle était demeurée neutre ! Elle devait mourir aussi ?

Cette pensée lui apprit la pitié. Il fallait
bien qu'un sentiment pour autrui passât
par son intérêt personnel.

Depuis plusieurs mois, elle était venue
de temps en temps visiter la malade abandonnée ; mais c'était autant pour voir si elle
avait trop que pour voir si elle n'avait pas
assez.

Maintenant elle est là pour son propre
compte, elle regarde la mort, parce qu'elle
sait bien qu'un jour elle doit la connaître.
Le sourire de Clary lui faisait croire que ses
derniers moments seraient semblables aux
siens. Egoiste ! ne faudra-t-il pas que l'humanité se venge de vous ?

Vaincue pour un instant, mais vaincue
par la peur, madame Gardon se jeta aux
pieds de la mourante, et prit sa main qu'elle
baisa respectueusement.

Clary, croyant voir un pardon demandé
et un repentir, serra autant qu'elle put les
mains de sa belle-mère dans les siennes.
Un regard céleste l'assura qu'elle n'empor-
tait au ciel nul souvenir de la terre. Madame
Gardon parut rêver quelques moments.

Ainsi partit du monde une des plus angé
liques âmes qui l'eussent habité, la noble
fille d'une famille puissante, l'épouse d'Er
nest, l'ancienne maîtresse de cette maison,
dans laquelle elle mourait aujourd'hui au
fond d'une pauvre chambre presque démeu-
blée, soignée comme une pauvre étrangère.
Son visage était ravissant.

Elle ne faisait pas entendre une plainte,
ne versait pas une larme : ce n'était plus
l'heure d'en répandre pour elle.

Nul effort ne détacha son âme de son
corps ; elle mourut avec toute sa connaissance, dans une paix profonde, bénie par
cette religion qu'elle avait tant aimée. Le
prêtre qui lui administra les sacrements dit
tout haut en sortant : Une sainte de plus au
ciel ! »

Quand elle fut morte, madame Gardon
demeura plongée dans une rêverie profonde. On la laissa seule ! seule devant le portrait de son fils mort, de son petit-fils mort!
de sa belle fille morte, et qui n'était pas
froide encore !

Il fallait de semblables coups de fouet pour remuer les rouages de ce cœur endormi !

Bientôt elle se sépara de ces images funestes, ne comprenant rien dans la grande leçon de la mort, sinon qu'il fallait se préparer un jour à ce grand voyage. Elle redescendit à pas lents, quittant pour toujours cette chambre où elle ne devait jamais rentrer, pas même pour y porter un souvenir, et ne donnant aucun regret à l'ange commis à sa garde, bien éloignée de prévoir qu'un jour, peut être, elle lui aurait été utile. Elle reprit ses habitudes ordinaires comme si rien ne s'était passé.

Beaucoup d'années s'écoulèrent. Devenue infirme, maladive, madame Gardon dut souffrir à son tour de la méchanceté des autres. C'est à peine si elle est libre encore d'élever la voix dans cette maison où jadis elle domina avec tant de despotisme et de rigueur.

Tonine est devenue maîtresse de la maison de sa maîtresse. Celle-ci, ne pouvant plus marcher depuis longtemps, est tombée dans sa dépendance. La connaissance qu'elle a acquise du caractère de Tonine l'effraie et la domine à un tel point qu'elle n'ose rien refuser à l'ambition de cette horrible femme, et se dépouille peu à peu de tout ce qu'elle possède.

Beaucoup moins âgée que madame Gardon, pouvant encore jeter sur l'avenir un regard d'espoir qui n'appartient plus à celle-ci, elle a fini par lui faire signer plusieurs actes qui lui donnent la [moitié de ses revenus, tous ses bijoux et une foule d'objets précieux qu'elle avait accumulés pendant la longue carrière d'une vie occupée d'elle-même.

En ce moment elle tente un dernier effort : elle veut que madame Gardon lui abandonne encore sa maison et la lui cède exclusivement.

Prévoyant que sa maîtresse n'a pas longtemps à vivre, elle tremble que ses

héritiers n'arrivent enfin auprès de cet
être si longtemps délaissé, mais qu'ils en-
toureront sûrement à la mort pour en avoir
au moins ce jour-là quelque chose. Pour la
décider à consentir à sa demande, Tonine
avait inventé une ruse infernale, digne
d'elle et de sa victime : elle la menaçait à
tous moments de la quitter, de s'en aller
avec ce qu'elle avait déjà, et de la laisser
seule.

Or, pour concevoir quel effroi devaient
produire ces paroles sur madame Gardon, il
faut comprendre ce que Tonine était pour
elle.

C'est qu'à cette femme devenue impo-
tente, infirme par une hydropisie arrivée à
son dernier période, les soins d'une servante habituée à elle, à tous les petits ména-
gements qu'exigeait sa position, devenait
nécessaire.

En donnant ainsi la moitié de sa fortune,
elle avait bien prouvé combien elle estimait
ses soins. Car, si elle lui faisait un don si

considérable , c'était assurément pour les payer, et non par reconnaissance.

Depuis un an, elle ne sortait plus de son lit. Tonine était sa seule compagnie. Plus de domestiques; elle les avait tous renvoyés : Tonine aimait mieux garder l'argent que sa maîtresse leur eût donné. Et puis, réduite à la petite rente qu'elle avait des terres qui avoisinaient sa maison , elle n'aurait pu soutenir son train de vie ordinaire avec le peu qu'il lui restait.

Cette peur du dernier isolement, le seul qui lui tînt au cœur, domina en madame Gardon tout autre sentiment personnel.

C'était un sujet de querelles interminables dans lesquelles Tonine rendait à madame Gardon les mauvais traitements qu'elle avait si longtemps reçus.

Mais pour cette dernière donation, sa maîtresse n'entendit pas raillerie. Elle tenait avec une fermeté qui surpassait ses forces.

Après s'être disputées la journée entière, un soir Tonine lui dit :

4

— Madame, c'est aujourd'hui pour la dernière fois, je ne vous le demanderai plus : voulez-vous ou ne voulez-vous pas me céder, par un acte notarié, votre maison et vos terres ?

— Attends encore, Tonine, répondit de sa voix faible la vieille malade, car sa voix sonore et effrayante s'était abattue devant la douleur et l'esclavage.

— Qu'est-ce que vous voulez que j'attende donc ?

— Eh ! mon Dieu ! je vais bientôt mourir.

— Pardi ! nous y voilà : c'est précisément pour cela.

L'autre la regardait avec des yeux de tigre.

Ouais! pas tant de bavardages. Comme vous me regardez ! Si vous pouviez me tuer, vous me tueriez, hein ?

— Non, j'ai besoin de toi.

Ces paroles, dites avec l'effroyable candeur de l'égoïsme firent retourner la servante, occupée à fouiller dans une armoire. Un rire affreux éclata dans la chambre éclairée par une seule chandelle, dont la lumière se réflétait sur les visages des deux vieilles, horribles à voir.

— Hé bien ! avez-vous dit ?

— Je dis que je ne veux pas, répondit madame Gardon avec une force étonnante. Et elle se mit sur un oreiller sans parler davantage.

— Vous ne voulez pas ! Vous avez donc oublié qui je suis, et ce que vous êtes devenue ?

» Je suis la maîtresse maintenant, et vous êtes la servante.

» Ah ! vous ne voudriez pas que les trente années que j'ai vécu dans votre enfer me fussent payés aujourd'hui ! Croyez-vous que c'est par attachement que j'ai resté ici ?

» Adieu ; vous soignera qui pourra, ou qui voudra.

» Déballez le peu d'or qui vous reste, il vous en faudra pour payer ceux qui resteront près de vous. Je vous en prêterai si vous n'en avez pas assez.

Un sourire infernal suivit ces derniers mots.

— Tonine, dit-elle en la voyant s'éloigner, fais mon lit pour la dernière fois.

Ah ! mégère, dit l'autre en la regardant avec mépris.

Elle ferma brusquement la porte et s'en alla.

Madame Gardon, brisée déjà par la crainte de ce qui allait lui arriver, mais ne croyant pas encore que cela pût être, se sentit défaillir. Elle se pendit à ses sonnettes, seule ombre de puissance qu'elle eût conservée. Mais elle oubliait que les domestiques qui autrefois répondaient si promptement n'y

étaient plus. Elle sonna encore, personne ne
vint. La chandelle qui éclairait cette scène
solitaire allait finir. Alors l'effroi de se trouver seule, l'inquiétude du sort que Tonine
lui réservait (car elle la connaissait trop
pour ne pas croire à son abandon), la solitude où elle était, finirent de l'accabler. Elle
était seule ! à ce moment où les pauvres
voient un ami; les plus abandonnés, un
être humain pour les secourir ! Après être
restée longtemps dans cette attente fiévreuse, ne voyant plus rien autour d'elle,
car la lumière venait de s'éteindre, elle se
leva aidée par une force surnaturelle que
la peur vint lui donner, et se traîna jusqu'à
la porte, qu'elle parvint à ouvrir difficile-
ment.

Mais la même obscurité l'entoure. Elle
appelle Tonine, qui ne répond plus.

— Tonine, s'écria-t-elle par un dernier
effort de la nature expirante, Tonine, re-
viens, je te donne tout.

L'écho prolongé qui s'entend toujours

4.

dans les vastes demeures inhabitées répondit
seul à ce cri défaillant.

Alors, pour la première fois, une larme
brûlante tomba sur les joues de la malheureuse. Elle lui parut de feu.

Elle se remit au lit, qu'elle tâcha de
retrouver à tâtons, frappée d'un coup mor-
tel.

Un étouffement nerveux, causé par la
terreur et la rage, lui causait une angoisse
affreuse. Elle pouvait néanmoins réfléchir
et penser.

Que va-t-elle devenir ? nul être humain
ne songe à elle. Jamais, dans sa longue carrière, elle ne montra d'attachement pour
personne, aujourd'hui tout le monde l'a-
bandonne.

La terreur de se voir seule, la peur de
mourir de faim, mille autres craintes
effrayantes, la saisirent à un tel point qu'elle
se sentit mourir.

— Tonine ! s'écria-t-elle en essayant encore de sonner (elle n'en avait plus la force).

Enfin une oppression prolongée lui ôta la vie. Elle expira dans une agonie horrible, délirante, sans avoir vu personne à son lit de souffrance, pour lui fermer les yeux !

Tonine, qui ne voulait jouer son rôle que pour mieux obtenir, rentra au bout d'une heure dans la chambre de sa maîtresse. En voyant ses yeux ouverts et fixes, elle crut qu'elle était en colère, et se mit à lui rire au nez, se disposant à sortir pour revenir lorsque sa colère serait apaisée.

Mais, en l'examinant de plus prés, elle vit qu'elle ne faisait aucun mouvement ; elle approcha et reconnut qu'elle était morte.

Ces yeux fixes et méchants, ce visage contracté, ces dents blanches et pointues, qui se faisaient voir tout entières par le rétrécissement des lèvres, tout cela effraya tellement la misérable que, lui jetant le drap sur le nez, elle se sauva chez une voisine qui demeurait de l'autre côté de la rue, et y resta jusqu'au lendemain, laissant le corps de la morte ainsi abandonné, sans prières, car la méchante femme n'en savait pas ! sans larmes ; sa maîtresse n'en méritait pas !

MARIE MADELEINE

Sainte Marie-Madeleine, si célèbre dans l'Eglise par son attachement pour Jésus-Chris, était Galiléenne de naissance. Lorsque notre Seigneur commença à prêcher l'Evangile, elle était possédée de sept démons. Les miracles du Sauveur l'engagèrent à recourir à lui pour obtenir sa guérison. Jésus la guérit, et la sainte femme, pleine de reconnaissance, s'attacha pour toujours à sa personne, le suivant partout, afin de profiter des instructions qui sortaient de sa bouche sacrée, et de saisir toutes les occasions de le servir et de partager avec lui ses biens temporels. Pleine d'amour pour son Sauveur, elle l'accompagna durant sa passion jusqu'au lieu de son supplice, et se tint au pieds de la croix avec la sainte Vierge.

Madeleine n'abandonna pas le Sauveur après sa mort ; elle vit mettre son corps dans le tombeau, et alla aussitôt préparer des parfums pour l'embaumer, parce qu'elle n'avait pas compris le mystère de la résurrection. C'est ce qui la jeta dans l'étonnement lorsque, ayant été au tombeau le lendemain du sabbat avec plusieurs saintes femmes, elle ne trouva plus le corps de celui qu'elle cherchait. L'ardeur de son amour, joint à la surprise, lui fit verser des larmes et la retint auprès du sépulcre. Jesus-Christ récompensa sa persévérance. Deux anges lui apparurent, et ensuite Jésus-Christ se montra à elle ; mais elle ne le reconnut pas d'abord.

— Jésus lui dit : Femme, qui cherchez-vous ! Madeleine, pensant que c'était le jardinier du lieu où était le tombeau, et croyant que tout le monde devait être instruit de ce qui l'occupait, répondit :

« Si c'est vous qui l'avez enlevé, dites-moi où vous l'avez mis, et je l'emporterai. »

— Jésus lui dit : MARIE. A ces mots ses yeux furent ouverts ; elle reconnut Jésus, et voulut embrasser ses genoux.

— Jésus lui dit : Ne me touchez point, car je ne suis pas encore monté vers mon Père, mais allez trouver mes frères (c'est ainsi qu'il appelait ses disciples) et dites-leur de ma part : Je monte vers mon Père et votre Père, mon Dieu et votre Dieu : Madeleine courut avec empressement annoncer aux disciples que Jésus était ressuscité d'entre les morts. C'est tout ce que l'Evangile nous en apprend. On lit dans quelques auteurs grecs, qu'après l'ascension de Jésus-Christ, elle suivit la sainte Vierge à Ephèse, et qu'après la mort de cette Auguste Mère du Sauveur, elle demeura avec saint Jean l'Evangéliste. On ajoute qu'elle obtint la couronne du Martyre. Elle mourut à Ephèse et y fut enterrée.

LE VIEUX CHAMPAGNE

M. DORVAL, PAULIN, SON FILS.

PAULIN.

Mon papa, je sais où vous trouver un très-bon domestique lorsquevous renverrez le vieux Champagne.

M. DORVAL.

Qui t'a chargé de ce soin ? Est-ce que je pense à le renvoyer ?

PAULIN.

Vous voulez donc toujours garder ce vieux garçon ? Un jeune domestique ferait, je crois, bien mieux notre affaire.

5

M. DORVAL

Comment, Paulin? Voilà une bien mauvaise raison pour se dégoûter d'un ancien serviteur. Tu l'appelles vieux garçon? Tu devrais en rougir, mon fils. C'est à mon service qu'il a vieilli. Ce sont peut-être les soins qu'il a pris de ton enfance et les inquiétudes que lui ont causé tes maladies qui ont avancé son âge. Tu vois donc combien il serait ingrat et déraisonnable de prendre de l'aversion pour lui à cause de sa vieillesse. Et crois-tu avoir plus de raison de me dire qu'un jeune domestique ferait bien mieux notre affaire? Ce discernement est au-dessus de ton âge; il demande plus d'expérience que tu ne peux en avoir acquis. Je te ferai sentir, dans un autre moment, l'avantage qu'un vieux domestique a sur un jeune, pour l'exactitude et la sûreté du service.

PAULIN.

Je le crois. puisque vous le dites, mon

papa. Mais il porte perruque; et cela fait
une drôle de figure de voir un homme en
perruque planté debout derrière votre chaise
pour vous servir. Je ne puis tourner les
yeux sur lui sans me sentir l'envie d'écia-
ter de rire.

M. DORVAL.

C'est d'un bien mauvais caractère; mon
fils; je ne te l'aurais jamais soupçonné. Tu
sais qu'il a perdu ses cheveux dans une
maladie longue et dangereuse? Te moquer
de lui, n'est-ce pas insulter à Dieu, qui lui
a envoyé cette maladie?

PAULIN.

Mais il est grognon, et il n'est pas si
éveillé que les autres.

M. DORVAL.

Champagne peut être sérieux; il n'est
pas grognon. Il est vrai qu'il n'est pas aussi
ingambe qu'un jeune drôle de dix-huit à
vingt ans. Mais a-t-il mérité pour cela ton

5.

aversion? O mon fils ! cette pensée me fait
frémir ! Tu auras donc aussi de l'aversion
pour moi, si Dieu me fait la grâce de m'accorder une longue vieillesse?

PAULIN.

Oh ! non, mon papa, je ne suis pas si méchant.

M. DORVAL.

Et crois-tu ne pas l'être de haïr Champagne, parce que ses années l'empêchent
d'être aussi alerte qu'autrefois?

PAULIN.

J'ai tort, mon papa, j'en conviens; et je
vous assure que j'ai bien du regret d'a-
voir...

M. DORVAL.

Pourquoi t'interrompre? Quel est ton regret, dis-tu?

PAULIN.

Si je vous révèle mes fautes, vous vous
fâcherez contre moi , et je n'y gagnerai
qu'une punition.

M. DORVAL.

Tu sais, mon fils, que je n'aime pas à
punir, et que je n'emploie ce moyen que bien
rarement. C'est par la raison et par la tendresse que je cherche à vous corriger, ta
sœur et toi. Je ne connais point la faute que
tu as commise; ainsi, je ne puis te promet-
tre une exemption absolue de châtiment.
Est-ce une condition que tu aurais prétendue mettre à ton aveu? Tu sais quelle est
ma tendresse pour toi; c'est la seule cau-
tion que je veux te donner. Tu peux t'y reposer avec autant de confiance que sur mes
promesses.

PAULIN.

Eh bien! mon papa, je vous avouerai
que.... j'ai appelé Champagne.... vieux
coquin.

M. DORVAL.

Comment? Cela est-il possible? As-tu pu oublier ainsi ce que tu dois à un brave homme? Et Champagne t'a-t-il entendu?

PAULIN.

Oui, mon papa, c'est ce qui me fâche.

M. DORVAL.

C'est-très-bien d'en être fâché; mais il ne suffit pas de sentir du regret d'avoir outragé personnellement un de nos semblables, on doit sentir le même remords de l'avoir outragé hors de sa présence.

PAULIN.

Oui, je me repens d'avoir injurié Champagne; mais ce qui m'afflige le plus, c'est de l'avoir traité ainsi en face; car...

M. DORVAL.

Tu as commencé de m'ouvrir ton cœur, achève.

PAULIN.

Oui , mon papa... car Champagne, lorsque je l'ai eu ainsi maltraité, s'est mis à
pleurer , et il a dit : « Ce n'est pas assez
des incommodités de mon âge, il faut encore
que je sois la risée de l'enfance ! »

M. DORVAL.

Le pauvre Champagne ! Je le connais,
cette injure lui aura déchiré le cœur. Il est
dur, à son âge , d'être le jouet des enfants ;
mais combien l'on doit souffrir, lorsque
l'on reçoit cette injure d'un enfant qu'on a
vu naître, et à qui l'on a rendu des services
dont rien ne peut l'acquitter.

PAULIN.

Ah ! mon papa, combien je suis coupable !
Je veux lui en demander pardon ; et soyez
sûr que de ma vie il n'aura à se plaindre de
moi.

M. DORVAL.

Très-bien, mon fils. C'est à cette condition

seulement que Dieu et moi nous pouvons
te pardonner. Nous sommes tous faibles, et
nous pouvons nous laisser emporter un
moment à nos passions. Mais, revenus à
nous-mêmes, il faut nous bien pénétrer du
repentir de nos fautes, forcer notre orgueil
à les réparer, et travailler de toutes nos
forces, à nous en garantir dans la suite.
Mais je voudrais bien savoir ce qui a pu te
porter à cette indignité contre Champagne.
T'avait-il offensé ?

PAULIN.

Oui, mon papa... du moins je me le figu-
rais. Je jouais de ma sarbacane, et je visais
à lui tirer mes pois au visage. « Finissez
donc, monsieur Paulin, m'a-t-il dit, ou je
vais me plaindre à votre papa. » Je me
suis fâché de sa menace, et c'est alors que
e l'ai injurié.

M. DORVAL

C'est donc de propos délibéré que tu as
cherché à le mortifier ?

PAULIN.

Je ne puis en disconvenir.

M. DORVAL.

C'est ce qui aggrave ta faute, et ce qui lui a arraché des larmes.

PAULIN.

Ah! mon papa, si vous le permettez, je cours le chercher de ce pas, et lui faire mes excuses. Je ne serai pas tranquille qu'il ne m'ait pardonné.

M. DORVAL

Oui, mon fils, il ne faut jamais différer un instant de remplir son devoir. Je t'attends ici. *Paulin sort, et revient quelques moments après d'un air satisfait.*

PAULIN.

Mon papa, je suis content de moi : Champagne m'a pardonné de bon cœur. Oh ! je ne crois pas qu'il m'arrive jamais de commettre pareille faute.

5.

M. DORVAL.

Dieu veuille t'en préserver. Sans lui, tu ne peux te répondre de la plus ferme résolution.

PAULIN.

Et que dois-je faire pour que Dieu m'en préserve?

M. DORVAL.

Lui demander son secours. Il ne te le refusera pas.

PAULIN.

Je le lui demanderai du fond de mon cœur. Mais, mon papa, il y a encore une autre chose que je viens de faire sans votre permission, et qui vous fâchera peut-être.

M. DORVAL.

Qu'est-ce donc, mon fils?

PAULIN

L'écu de six francs dont vous m'aviez fait cadeau le jour de ma fête, je l'ai donné à Champagne.

M. DORVAL.

Pourquoi en serais-je fâché? Je trouve fort bien que tu fasses de bonnes actions de toi-même et sans m'en avoir prévenu. Tu peux disposer de tout l'argent que je te donne; c'est ton bien. Tu ne pouvais en faire un meilleur usage. Il faut t'accoutumer de bonne heure à une prudente générosité. Champagne en a-t-il paru bien content?

PAULIN.

Il pleurait de joie; et je me réjouissais de le voir pleurer.

M. DORVAL.

Je te sais gré de ce sentiment, mon cher fils. Un bon cœur se réjouit toujours d'avoir adouci la misère de ses semblables. Toutes

les vertus font naître la joie dans notre âme ;
mais aucune n'y laisse un souvenir plus
long et plus satisfaisant que la bienfaisance.

PAULIN.

Ah ! si jamais je possède quelques biens,
je veux soulager tous ceux qui souffriront
autour de moi.

M. DORVAL.

La dernière prière que j'adresserai à Dieu
sera de fortifier cette vertu dans ton cœur,
et de te mettre en état de l'exercer.

PAULIN.

Serai-je toutes les fois aussi content qu'au
jourd'hui ?

M. DORVAL

C'est le seul plaisir qui ne s'affaiblisse
jamais. Cherche surtout à le goûter dans
l'intérieur de ta maison. Si tes domestiques
sont gens de biens, tu dois encore plus ga-

gner leur attachement par de bons procédés
que par de l'argent. Il ne faut cependant
pas négliger de leur faire de temps en temps
de petits cadeaux. Si tu sais les faire à propos et avec grâce, tu feras de tes gens tes
plus sûrs amis.

PAULIN.

Mais, mon papa, n'ont-ils pas leurs gages?

M. DORVAL.

Ils les ont pour faire leur service, et rien
de plus. Mais de petits présents feront naître
leur affection, et ils iront au-delà de leur
devoir.

PAULIN.

Je ne comprends pas trop bien, mon
papa.

M. DORVAL.

Je vais t'éclaircir ma pensée par l'exem-

ple de Champagne. Je lui donne ses gages,
son vêtement et sa nourriture pour me servir.
Lorsqu'il m'a servi, ne sommes-nous pas
quittes ? et me doit-il quelque chose de
plus ? Cependant, tu sais qu'il prend soin
de tout dans la maison ; qu'il s'est rendu de
lui-même le surveillant de tous les autres
domestiques, et qu'il m'a souvent épargné
bien des pertes. Il fait tout cela par attachement et sans aucun ordre particulier, parce
que j'ai su mériter sa reconnaissance par
quelques dons légers que je lui ai faits dans
certaines accasions. Lorsque ton âge te
permettra de te répandre dans la société, tu
n'entendras, dans toutes les maisons, que
des plaintes sur la négligence et l'ingratitude des domestiques. Sois persuadé, mon
fils, que c'est le plus souvent la faute des
maîtres, pour avoir voulu leur inspirer plus
de crainte que d'attachement.

PAULIN.

Maintenant, je vous comprends à mer-
veille, et je me servirai un jour de vos le-
çons et de votre exemple.

M. DORVAL.

Tu n'auras jamais lieu de te repentir de
les avoir suivis. Je les ai hérités de mon
père et je me souviendrai toujours de
ce qu'il avait coutume de nous raconter à ce
sujet.

PAULIN.

Ah! mon papa, si cela ne vous impor-
tune pas, je serai bien aise d'entendre cette
histoire.

M. DORVAL.

Je me fais un plaisir de t'accorder cette
récompense de ton repentir et de ta bien-
vieillance envers l'honnête Champagne.

« M. de Floré, brave militaire, retiré du
service, vivait sur ses terres avec une épouse
respectable et cinq enfants dignes d'êtres
nés de si honnêtes parents. Les habitants
des villages voisins étaient pénétrés pour
eux de vénération ; et cette famille réunie
formait le spectacle le plus touchant qu'ou

puisse imaginer. La douceur du caractère
de M. de Floré, et l'ordre qui régnait dans
sa maison, lui conciliaient la bienveillance
et l'admiration de ceux qui avaient le bonheur de le connaître. Tous les jeunes gens
du canton s'empressaient d'entrer à son
service; et lorsqu'il venait à y vaquer une
place, soit par la mort, soit par la retraite
d'un domestique, cette place était recherchée
comme un emploi honorable. Le contente-
ment se peignait sur le visage de tous ses
gens. On aurait cru voir des enfants respec-
tueux autour de leur père. Ses ordres étaient
si justes et si modérés, que jamais un seul
n'avait eu la pensée de lui désobéir. La
concorde régnait entre eux comme parmi
des frères : ils ne disputaient que de zèle
pour le service de leur maître et d'attachement à ses intérêts.

Un ancien camarade de M. de Floré, qu'on
nommait M. de Furcy, retiré, comme lui,
sur ses terres, mais dans une province assez
éloignée, vint un jour lui rendre visite, en
passant près de son château pour se rendre

à la capitale. Après divers propos, la conversation tomba sur les désagréments attachés aux soins d'un ménage. M. de Furcy soutenait que la vigilance sur ses domestiques était l'occupation la plus fatigante pour lui, qu'il n'en avait jamais trouvé que d'insolents, de paresseux, d'inattentifs aux besoins de leur maître.

« — Oh! pour cela, dit M. de Foré, je n'ai pas à me plaindre des miens. Depuis dix ans, je n'en ai reçu aucun sujet de grave plainte. Je suis très-contents d'eux, et ils le sont de moi.

« — C'est, M. de Furcy, un bonheur bien peu ordinaire. Il faut que vous ayez quelque secret particulier pour former de bons domestiques et pour les maintenir dans leur perfection.

« — Ce secret est très-simple, répondit M. de Floré, et le voici, continua-t-il en allant chercher une grande cassette.

« — Je ne vous comprends pas, repri. M. de Furcy.

» M. de Floré, sans lui répliquer, ouvrit la cassette. M. de Furcy y vit six tiroirs, avec ces étiquettes : *Dépenses extraordinaires,* — *Pour moi,* — *Pour ma femme, Pour mes enfants,* — *Gages de mes domestiques,* — *Gratifications.*

» — Comme j'ai toujours en avance un an de mon revenu, reprit M. de Floré, j'en fais six portions au commencement de chaque année. Dans le premier tiroir, je mets une certaine somme inviolablement réservée aux besoins imprévus ; dans le second est celle que je destine à mon entretien ; le troisième renferme l'argent nécessaire pour les dépenses intérieures du ménage et les épingles de ma femme ; le quatrième, tout ce qu'il doit m'en coûter pour l'éducation soignée que je donne à mes enfants ; les gages de mes gens sont dans le cinquième ; dans le sixième enfin, sont les gratifications que je leur accorde. C'est à ce tiroir que je dois le bonheur de n'avoir amais eu de mauvais domestiques. L'argent de leurs gages est pour ce que leur devoir

exige d'eux ; mais les gratifications que je
leur distribue en certaines occasions, sont
pour ce qui n'est pas rigoureusement compris dans leur devoir, et que leur seule
affection pour moi les engage à faire au-delà
de mes ordres et de mes vœux. »

L'ORPHELINE BIENFAISANTE

Madame de Fonbonne, après avoir perdu son mari, venait encore de perdre un procès, au sort duquel était attachée la plus grande partie de ses biens. Elle fut obligée de vendre ce qui lui restait de meubles et de bijoux ; et, en ayant placé le produit chez un banquier, elle se retira dans un village, pour y vivre avec économie de son modique revenu.

A peine avait-elle passé quelques mois dans son obscure retraite, qu'elle apprit la fuite du dépositaire infidèle des derniers débris de sa fortune. Qu'on se représente l'horreur de sa situation. Les chagrins et les maladies l'avaient rendue incapable de toute espèce de travail, et, après avoir passé ses plus belles années au sein de l'aisance et des plaisirs, il ne lui restait d'autre ressource, dans un âge avancé, que d'entrer dans un hôpital ou d'aller demander l'aumône.

Elle ne voyait, en effet, autour d'elle, personne qui daignât s'intéresser à son sort. Amenée par son époux d'un pays étranger, où elle avait reçu la naissance, elle ne pouvait solliciter des secours que d'un parent assez proche qu'elle avait attiré dans sa nouvelle patrie et dont elle avait élevé la fortune, par le crédit de son mari. Mais cet homme, d'une avarice sordide, ne fut pas, comme on l'imagine, extrêmement sensible aux plaintes d'un autre, lorsqu'il se refusait à lui-même jusqu'aux premières nécessités de la vie.

Dans cette extrémité cruelle, une jeune

orpheline qu'elle avait adoptée pendant le cours de ses prospérités, et qu'elle n'avait jamais pu se résoudre à abandonner après ses premiers revers, devint son ange tutélaire. Les bontés dont Clothilde avait été comblée par madame de Fonbonne, firent naître dans son cœur le désir généreux de lui en témoigner sa reconnaissance.

« Non, s'écria-t-elle, lorsque madame de Forbonne lui proposa de chercher un autre asile, non, je ne vous abandonnerai point, tant que vous vivrez. Vous m'avez toujours traitée comme votre fille, et si j'ai désiré de l'être dans votre bonheur, je le désire encore plus dans vos peines. Grâce à vos largesses, je me vois abondamment pourvue de tout ce qui est nécessaire à mon entretien. Vous m'avez donné des talents, je ferai ma gloire de les employer pour vous. Je sais coudre et broder, avec la santé et du courage je puis gagner assez de pain pour nous deux. »

Madame de Fonbonne fut extrêmement touchée de cette déclaration. Elle embrassa

Clotilde et consentit à profiter de ses offres.
Elle lui devait une éducation chrétienne,
elle l'en récompensa par les soins de la fille
la plus tendre.

Voilà donc Clotilde devenue, à son tour,
la mère par adoption de son ancienne pro-
tectrice. Elle ne se bornait pas à la nourrir
du fruit d'un travail opiniâtre, elle la con-
solait dans sa tristesse, la soulageait dans
ses infirmités, et s'efforçait, par ses cares-
ses, de lui faire oublier ses malheurs.

La constance et l'ardeur de ses soins ne
se refroidirent pas un moment dans le cours
de deux années que madame de Fonbonne
jouit de ses bienfaits, et, lorsque la mort
vint la ravir à sa tendresse, elle donna les
regrets les plus vifs à cette perte.

Quelques jours avant ce malheur, venait
de mourir ce vieil avare dont le cœur s'était
montré insensible à la voix du sang et de la
reconnaissance. Comme il ne pouvait emporter avec lui ses trésors, il avait cru
réparer son ingratitude envers sa parente,

en les lui laissant par ses dernières dispositions. Mais ces secours étaient venus trop tard. Madame de Fonbonne n'était plus en état d'en profiter. Elle n'avait pas eu même la consolation, en mourant, d'apprendre cette révolution dans sa fortune, pour la faire tourner à l'avantage de la tendre Clothilde.

Cet héritage se trouvait ainsi dévolu au domaine du prince. Heureusement les recherches ordinaires en pareille occasion firent parvenir à ses oreilles la noble conduite de la généreuse orpheline. « Ah ! s'écria-t-il dans le premier mouvement de son cœur, elle est bien plus digne que moi de cet héritage. Je renonce à mes droits en faveur des siens, et je me déclare son protecteur et son père. »

Toute la nation applaudit à ce jugement. Clothilde, en recevant cette récompense pour sa générosité, l'employa à élever de jeunes orphelines comme elle, à qui elle se plaisait surtout d'inspirer les sentiments qui la lui avaient méritée.

6

ENFANT QUI S'EST RENDU CÉLÈBRE

PAR SA SCIENCE.

Le cardinal Gerdil, l'un des hommes les plus savants de ces derniers temps, se distingua de bonne heure par la pénétration de son esprit et par l'étendue de ses connaissances. Pendant son enfance, une occasion particulière l'ayant mis dans le cas d'accompagner son père à Genève, il s'informe aussitôt où sont les écoles publiques; et, s'y étant fait conduire, il attend de pied ferme, à la porte, la sortie des étudiants en théologie. Etonné de voir un si jeune enfant, étranger, de petite taille, d'un extérieur qui promettait si peu, mais d'une ar-

deur extrême, et dont les yeux, vifs et bril-
lants comme deux étoiles, les regardaien'
avec assurance, et témoignaient, d'un air
très-résolu, le désir de converser avec quelqu'un d'entre eux, ces élèves se détermina-
rent à l'entourer ; Gerdil fixe plus particu-
lièrement celui dont la physionomie, le ton
et les manières lui persuadaient être le
plus réfléchi, le plus capable d'entrer en
lice. Il l'interroge sur la doctrine qu'on lui
enseigne, pour arracher de sa bouche quelque erreur de la religion prétendue réfor-
mée, la seule qu'on professe à Genève. A
peine a-t-il adroitement amené son adver-
saire à l'aveu d'une proposition de ce genre,
qu'il commence à le presser par des raisonnements bien plus subtils et plus profonds
qu'on n'eût jamais osé le soupçonner d'un
âge aussi peu avancé. La nouveauté de la
dispute attire auprès de lui une foule de
condisciples qui s'étudient les uns les autres à se prêter un secours mutuel contre ce
nouveau champion.

De son côté, Gerdil est seul, et seul il
satisfait à tous; seul il les poursuit avec un

imperturbable courage, et le combat se
termine à sa gloire, quand, personne n'ayant
plus rien à répliquer, il les réduit tous au
silence. Le jeune docteur profite de leur
défaite pour leur parler en apôtre, et leur
met sous les yeux, avec autant de zèle que
de douceur, l'état infortuné dans lequel ils
se trouvent hors de la véritable Église, et le
sort mille fois plus affreux qui les attend
dans l'éternité, s'ils ont le malheur de per-
sévérer dans leur obstination. Aucun d'eux
ne témoigne s'en offenser ou éprouver le
moindre ressentiment, soit par égard pour
son jeune âge, soit par l'aimable affabilité
qui le caractérise. Un seul se contente de
lui dire : « Si quelqu'un de nous allait dans
votre pays vous parler de la sorte contre
votre religion, comment le traiteriez-
vous... ? » Tous se retirent avec un sentiment de confusion qui se peignait dans leur
maintien, et chacun laisse jouir cette âme
pure de la joie ineffable que lui fait éprouver
le triomphe de la vérité. Le jeune Gerdi
ne dut pas seulement ce triomphe à la supé-
iorité de ses talents, il en fut encore rede-

6.

vable à son ardeur pour l'étude ; car , dès son enfance, il avait lu et médité l'*Histoire des Variations*, par le grand Bossuet ; et son esprit s'était tellement pénétré des raisonnements profonds et lumineux qui y sont contenus, qu'il avait coutume de dire avec une naïveté enfantine : « Oui, il me semble être en état de défier tous les novateurs réfutés dans ce savant ouvrage.

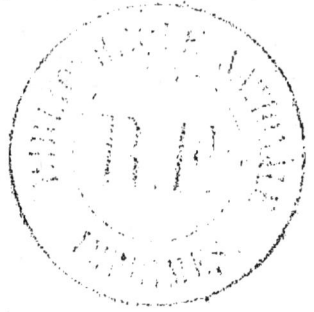

SUPPRESSION DES JÉSUITES. *(An 1773.)*

La suppression des jésuites commence la grande chaîne des funestes évènements qui rempliront, pendant de longues années, les pages de l'histoire ; et la phylosophie, enlevant à l'Eglise de zélés défenseurs, semble déjà se préparer de longues conquêtes et se reposer sur des ruines. Les jésuites, chargés par état d'enseigner la religion et de la défendre, combattaient, avec une énergie et des succès qu'on ne peut assez louer, contre l'hérésie et l'incrédulité. Leurs savants ouvrages affermissaient la foi des fidèles contre les productions impies des incrédules modernes, et leur zèle les soutenait

contre leurs continuelles suggestions. Tant
de titres à la reconnaissance et à l'estime
des hommes vertueux leur attirèrent toute
la haine des ennemis de l'Eglise, et leur
destruction fut résolue. Des ministres coupables trompèrent des princes faibles et sans
lumières, et la persécution commença à
éclater contre les jésuites. Le Portugal donna
le signal. Ce fut là qu'un homme couvert de
crimes, étant parvenu à gagner la confiance
de son roi, montra toute la fureur d'un
ennemi cruel qui poursuit d'innocentes vic-
times. Il fit d'abord répandre dans toute
l'Europe une multitude de libelles, dans
lesquels on chargeait les jésuites des plus
noires calomnies. Il les accusa d'être les
complices d'une affreuse conspiration contre
le roi son maître, et demanda leur suppression au souverain pontife, N'ayant pu l'obtenir, il les fit interdire dans tout le Portugal, et fit environner leurs maisons par
des soldats qui les arrêtèrent et les condui-
sirent dans d'affreux cachots, d'où on les
tira bientôt pour les entasser dans des vaisseaux qui les jetèrent, dénués de tout, sur

les côtes des Etats romains. L'Espagne suivit de près cet exemple, et la France ne tarda pas à proscrire les jésuites. Leurs constitutions, disaient le sévêques dans une remontrance au roi, en 1772, furent déférées au parlement, et dans un délai si court qu'à peine aurait-il été suffisant pour l'instruction d'un procès particulier. Sans les entendre, sans admettre leurs plaintes et leurs requêtes, leurs constitutions furent déclarées impies, sacriléges, attentatoires à la majesté divine et à l'autorité des deux puissances; et, sous prétexte de qualifications aussi odieuses qu'imaginaires, leurs colléges furent fermés, leurs noviciats détruits, leurs biens saisis, leurs vœux annulés : on les dépouilla des avantages de leur vocation, on les priva des retraites qu'ils avaient choisies; proscrits, humiliés, ni citoyens ni religieux, sans états, sans biens, sans fonctions on les réduisit ou à s'exiler, ou à prêter des serments que leur cœur réprouvait.

Mais c'était peu pour les ennemis des jésuites de tant de persécutions et d'outrages; ils voulurent encore obtenir du souverain

pontife leur suppression générale. L'Eglise
romaine possédait dans différents royaumes
des terres dont les rois avaient gratifié la
chaire de saint Pierre. Au même instant
elles sont confisquées, et les ambassadeurs
des souverains auprès de la cour romaine
déclarent qu'elles ne seront vendues que
lorsqu'il n'y aura plus de jésuites; que leur
anéantissement est le seul moyen de réta-
blir l'union et la concorde entre le Saint-
Siége et les cours étrangères Clément XIV
hésita longtemps, traîna l'affaire en lon-
gueur, chercha mille moyens pour sauver
les religieux poursuivis; mais enfin, plus
vivement pressé que jamais, il donna, le
21 juillet 1773, un bref qui supprimait la
Compagnie de Jésus. Ainsi fut dissous un
institut célèbre qui subsistait depuis plus
de deux siècles, et qui comptait plus de
vingt mille religieux dévoués aux pénibles
ministères de l'enseignement, des missions,
et à toutes les bonnes œuvres.

Quand l'homme impartial et dégagé de
tout préjugé examine de sang froid la sup-

pression des jésuites ; quand il considère que leurs ennemis n'ont été que ceux de l'Eglise ou de la religion, que les crimes qu'on leur impute sont dénués de preuves, et même de vraisemblance, et que, quand ils seraient avérés, ils ne frappent que quelques membres, et non pas le corps entier, dont la doctrine et les mœurs furent toujours pures ; enfin, quand il pense aux services qu'ils ont rendus à l'Eglise, aux avantages qu'ils ont procurés à tant de royaumes, aux lumières qu'ils ont propagées, au bon goût qu'ils ont répandu, cet homme, dis-je, étonné de l'acharnement qu'on a mis à poursuivre de pauvres religieux sans les écouter et les examiner, ne sait s'il doit plutôt plaindre ou ceux dont la gloire n'a pu être ternie par la haine injuste de tant d'ennemis, ou des hommes qui n'ont pas su reconnaître qu'ils condamnaient la vertu et flétrissaient le mérite.

LIMOGES. — IMPRIMERIE DE BARBOU FRÈRES.

www.ingramcontent.com/pod-product-compliance
Lightning Source LLC
Chambersburg PA
CBHW071112260626
47162CB00006B/2296